Wildwasser

Ein Kriminalroman

Zwei Opfer und kein Mörder

Wild brandet Wasser aus der Kurve des Flusses zum Fels, um ihn herum. Dann wieder beruhigend zur Flussmitte zur Strömung.
Eine Kajakspitze schlingert aus der Biegung hervor.
Der Kanute steuert unter heftigem paddeln, das Boot in den ruhigeren Flusslauf. Tief durchatmend, bremst er mit dem Paddel das Boot ab.
Kurze Verschnaufpause.
Er konzentriert sich auf den Felsendurchlass vor dem Kajak.
Zwei Felsen bieten eine enge Durchfahrt an.
Obwohl er oft in stürmischer Fahrt die passiert hat, bleibt sie jedes Mal eine Herausforderung.
Einmal ist er in dem schäumenden Wasser baden gegangen und an der Sandbank unter den Felsen noch glücklich gestrandet.
Ein kurzer Blick hoch zum Fels, noch einmal Luft holen und dann durch.
Hängt da ein Bein von dem Felsplateau herab?
Bevor er noch ein zweites Mal hoch schauen kann, hat die heftige Strömung das Boot erfasst und reißt es in schneller Fahrt mit in die Passage. Vom Wasser umtost, nur unter großen Mühen, kann er durch die enge Durchfahrt der wuchtigen Klippen steuern.

Mit letzten Kräften lenkt er das Kajak zur Sandbank, und lässt es dort auflaufen.

Erschöpft zieht der Paddler Hintermoser seitwärts aus der Umrandung des Bootes, geschockt liegt er auf dem Sand.
Du musst durchatmen, dich beruhigen.
Was war das? Es ging alles so schnell.
Ich bin aus der Biegung gekommen und habe mich auf die Passage konzentriert. Da war dieses Bein im Fels!

Nein, keine Fata Morgana, genauso wenig wie die Wolken, die über mich hinweg ziehen.

Sein Handy! Er kramt in der wasserdichten Jacke, wählt aufgeregt die Notrufnummer.
Keine Anzeige auf dem Display, hier ist ein Funkloch.
Flussabwärts, an der dort gelegenen Brücke, kann wahrscheinlich ein Netz sein.
Hintermoser geht auf der lang gezogenen Sandbank am Uferrand und versucht laufend eine Verbindung zu bekommen.
Endlich, vor der Überführung kann er einen Notruf abgeben und wird nach seiner Meldung, mit der Dienststelle verbunden.
„Elzyk", eine freundliche Frauenstimme meldet sich.
Er schildert das Gesehene.
Die Sekretärin Elzyk schaltet in der Zwischenzeit das Telefon laut, sodass der anwesende Kommissar Kogge, der am Schreibtisch vor ihr steht, die Meldung des Kanuten Hintermoser mithört.
Das von ihm wahrgenommene herunter hängende Bein, klingt für Kogge unglaubwürdig.
„Sind sie sicher, wo genau ist ihr Standort? An der Brücke über das Wildwasser. Wir werden es finden.
Ein Bein sagten sie, unglaublich, aber wir kommen. Warten sie an der Brücke".

Kogge schaut erstaunt die Sekretärin an.
„Hoffentlich ist es kein Witz, sonst sind wir umsonst unterwegs".
„Hoffentlich ist es ein Witz", herrscht ihn Elzyk an und die Augen blitzen. Wenn sie sich aufregt, ist sie so hübsch,

denkt Kogge.

Die Figur und ihr schaukelndes Hinterteil beim hinausgehen von ihr vor Augen. Wenn sie nur nicht so biestig wäre!

Kommissar Hendl ist unbemerkt ins Büro gekommen.
Er räuspert sich und reißt Kogge aus seinen Träumereien.
„Na, Kogge, genug gesehen?".
Der ist verlegen.
„Sie hat mich nur über eine eigenartige Sache informiert, Chef".
Dann berichtet er von dem dubiosen Telefonat dem Haupt - Kommissar Hendl.
„Wir müssen dem nachgehen, auch wenn es so unwahrscheinlich klingt. Benachrichtigen sie den Einsatzleiter der Polizei Meyer über die Sachlage und bitten um die Überprüfung der Meldung durch eine Streife.
Sollte da was dran sein, kommen wir.

Elzyk klopft und hält den Kommissaren empört eine Zeitung entgegen.
„Jetzt versuchen sie schon mit Ultraschall abzunehmen.
Das ist doch vollkommen unmöglich", mit einem merkwürdigen Seitenblick zu Kogge.
„Aber ich habe es ja nicht nötig", legt Kopf und Zeitung auf den Tisch.
Kogge bemerkt den Blick und erwartet eine Antwort, ein Urteil von mir. Nur jetzt jedes Wort abwägen und schaut ihr mit einem gewinnenden Lächeln in die Augen.
„Natürlich nicht!" und sein Blick wandert über ihre Bluse.
„So wie sie ausschauen, sind sie genau richtig".
Hendl mischt sich ein.

„Was hat das mit unserem Fall zu tun? Kogge".
Abrupt dreht sich die Sekretärin um, rollt mit den Augen und geht aus dem Büro.

„Männer!".

Das Telefon klingelt, Kogge hebt ab.
„Ich habe verstanden Meyer, wir sind schon unterwegs zum Fluss" und schaut Hendl an.
Der hat den Hut schon in der Hand.

Als beide fort sind, steckt Amtsleiter Welke den Kopf durch den Türrahmen, fragt nach den Kommissaren.

„Weiß ich nicht", antwortet sie süßsauer, „vielleicht im Archiv oder in der Pathologie?".
„Ja, was machen die da? Ein neuer Fall"?.
„Weiß ich auch nicht, vielleicht dort stöbern?".

Entrüstet sich Welke, „stöbern in der Pathologie! Soweit kommts noch".
Elzyk ist schnippisch.
„Nein, es könnte ja sein, dass sie zu einem neuen Fall unterwegs sind".
Welkes Gesichtszüge spannen an.

„Sie haben wohl noch nicht gefrühstückt, Frau Elzyk. Noch bin ich der Amtsleiter hier und erwarte eine ordentliche Angabe von ihnen zu meinen Fragen".
Er hebt seine Augenbrauen zur Zimmerdecke.
„Wenn sie zurück sind, sollen sie sich bei mir melden" und verlässt, ohne ihre Antwort abzuwarten, pikiert den Raum.

200 Meter Flussabwärts spannt sich die kleine Brücke für den Forstweg über das Wildwasser.
Aus der Ferne dringen Hintermoser die herannahenden Polizeisirenen ins Ohr. Er schüttelt erstaunt den Kopf, warum hier die Sirenen, im Wald?
Bald blinkt das Blaulicht von der Brücke.

Uniformierte erscheinen am Geländer, winken ihm zu.
Hintermoser deutet zur Sandbank.

Zwei Polizeibeamte erscheinen nun am sanft abfallenden Hang der Brücke und rufen von oben.
Er versteht kein Wort, denn das Wasser übertönt alle Laute und deutet erneut in die Richtung der Sandbank.
Dort ist doch ein Weg am Waldrand, oberhalb des Flusses, der zu den Felsen führt! Sehen die ihn nicht?
Ein Beamter zeigt in die angegebene Richtung und Hintermoser nickt, die Mützen verschwinden.

Von dem Ereignis noch eingefangen, geht er nachdenklich zurück zur Sandbank, zieht das Kajak näher zum Ufer.

Hoffentlich habe ich mich nicht getäuscht, sonst gibts Ärger. Das Bein war da! Ich habe mich nicht getäuscht.

Ich muss selbst gucken, ob ich richtig gesehen habe.

An der Brücke gibt es einen Steig denn nur da geht es leichter hinauf zum Wald.

Mit wackeligen Beinen geht er wieder zur Brücke zurück. Einige Male war hier seine Fahrt zu Ende gewesen, zwangsläufig, nachdem er zwischen den beiden Felsen abgesoffen war.

Er kraxelt die Böschung hinauf, atemlos erreicht er den oberen Pfad.

Zwei Männer, ein Älterer mit dickem Schal und Hut und ein schlanker, groß gewachsener Jüngerer mit Brille. Beide schauen interessiert zu, wie er auf allen vieren aufsteigt.

Schnaufend richtet er sich vor ihnen auf und schaut sie mürrisch an. Der ältere der Männer mustert ihn.

„Haben Sie uns angerufen, wegen eines herabhängenden Beins?".

Beide ziehen, wie auf Kommando, gleichzeitig Ausweise aus den Jacken.
„Ich bin Hauptkommissar Hendl und das ist Kommissar Kogge", deutet auf den mit der Brille.
„Na, hoffentlich war es keine Halluzination von ihnen", meint Kogge.
Hintermoser schaut Kogge an. Die Augen gefallen ihm nicht, so stechend. Als wenn er in seine Seele schauen wollte. Noch schwer atmend, erwidert energisch der Wassersportler.

„Hintermoser, ist mein Name. Ganz bestimmt nicht, auch wenn ich es nur kurz aus dem Augenwinkel gesehen habe, das Bein meine ich".

Der stechende, zweifelnde Blick des Jüngeren ist ihm unangenehm.

„Vielleicht ist es nur eine Puppe oder eine Prothese" und lacht über seinen Witz. Hendl und Hintermoser können nicht darüber Lachen.

Sie erreichen auf dem Waldweg eine Lichtung, Polizeibeamte richten bereits eine Absperrung mit Bändern ein und in den weißen Overalls eingehüllte Leute der Spurensicherungen laufen scheinbar wirr durcheinander. Der Revierleiter ist ebenfalls vor Ort und eilt ihnen entgegen. hält den Kajakfahrer an.
„Sie haben die Meldung abgegeben"? Hintermoser nickt.

„Warten sie hier bitte" und weist den Kommissaren den Weg zur Stelle, wo der Fels steil abfällt und berichtet.
„Es liegt tatsächlich eine Person mit dem Bauch auf dem Plateau. Sicherlich keine Puppe. Etwa 10 Meter tief, ob

männlich oder weiblich konnten wir noch nicht feststellen. Das Laub ist vor dem Abhang zerwühlt, es scheint ein Kampf hier stattgefunden zu haben".

Hendl stellt sich an die Abrisskannte des Felsens und winkt den jüngeren Kollegen herbei. Zögerlich tritt der nach vorn an den Rand, um gleich wieder zurück zu weichen.
Hendl hält ihn am Arm fest.
„Sie sind blass geworden, wohl Höhenangst?".
Kogge nickt. „Nun ja, einer von uns muss hinunter, ich bin zu alt dazu", deutet Hendl an. Ungläubig schaut der den Vorgesetzten an.

„Wie, ich soll da in die Tiefe, da wird mir schlecht. Ich kann nicht hinunter".
Bevor die Debatte weitergeht, meldet der Einsatzleiter.
„Wir haben die Bergrettung benachrichtigt und den Arzt, „sie treffen gleich ein".
Erleichtert atmet Kogge auf, „warten wir so lange".
Schmunzelnd wendet sich der Hauptkommissar zum Einsatzleiter und zwinkert diesem zu.

Die Bergrettung mit Doktor Musco trifft ein. Hendl bespricht sich kurz mit dem Einsatzleiter und entscheidet.

„Kommissar Kogge wird mit Doktor Musco", der bereits ungeduldig wartet, „zuerst zum Verunglückten abgeseilt" erklärt er dem Leiter der Bergwacht.
„Tatort und Opfer in Augenschein nehmen".

Kogge will noch einen Einwand erheben, aber der Mann der Bergwacht gurtet ihn bereits an.
„Wir sichern sie gut ab. Das ist ein Kinderspiel", muntert der ihn auf. Ganz so einfach ist das anlegen für den Bergretter nicht, denn Kogge dreht und windet sich ungeschickt, sodass er sich in den Seilen verheddert.

Das angurten wird zu einer Gaudi für die Umstehenden. Mit Ruhe und Gelassenheit bringt es der von der Bergwacht fertig, ihn zum abseilen an die Felskante zu stellen, redet beruhigend auf ihn ein.

„Bislang haben wir noch jeden zurück gebracht, tot oder lebendig", feixt er.

Hendl ist ungeduldig. „Kann er endlich runter? Musco ist bereits am Opfer".

Meyer, Hendl stehen an dem Fels und schauen zu, wie Kogge unter dem Überhang des Gesteins verschwindet. Nach einiger Zeit dringt ein Ruf durch das Rauschen des Wassers, am Seil wird gezogen.
Die Bergwacht bringt Doktor Musco wieder nach oben, helfen ihn auf die Beine. Gespannt stehen die Ermittler um ihn herum, erwarten seinen Bericht.
„Also, es ist eine Frau, wahrscheinlich ist sie mit dem Kopf zuerst auf den Steinboden aufgeschlagen. Ob es ein Unfall war oder nicht, müsst ihr klären" und schaut in die Runde.

„Es ist bestimmt nicht leicht festzustellen, was passiert ist. Viel Dreck und Pflanzenteile ist unter ihren Fingernägeln. Sie muss sich in die Erde noch gekrallt haben, bevor sie abstürzte. Kein schöner Anblick. Vergesst den armen Kogge nicht, der steht mit dem Rücken am Fels und es geht ihm gar nicht gut. Ich habe keine Lust noch mal mich abseilen zu lassen, um ihm zu helfen.
Weiteres nach der Untersuchung" und hält Hendl eine Plastiktüte hin.
„Das lag unter ihr, wahrscheinlich ein Portemonnaie vielleicht ist ein Ausweis drin".

Hendl und der Einsatzleiter spekulieren, gehen auf und ab, während die Bergwacht Kogge nach oben befördern will.

„Vermutlich hat sie noch nach Halt gesucht, aber wie kam sie in diese Situation? Sieht mir ganz nach einem Unfall aus", sinniert Meyer.

Ein lauter Wortwechsel dringt von der Absperrung her, unterbricht sie.

„Was ist hier los, in meinem Revier"? donnert eine befehlsgewohnte Stimme aus dem Wald.
Ein Polizeibeamter hat zwei Personen den Zugang zum Plateau versperrt.
„Wer ist hier der leitende Polizist?", ruft er über den Kopf des Beamten zu ihnen.
Seine Begleitperson, mit einem geschulterten Gewehr, fuchtelt mit den Armen herum.

Langsam schreitet, mit gesenktem Kopf, Hendl zur Absperrung, baut sich neben dem Beamten auf, mustert die zwei Herren.
Der Fragende wirkt blasiert, der Jägerhut drückt auf seine grauen Haare. Er ist gepflegt, während der andere mit dem verzottelten Bart und simplen Gesichtsausdruck, auf ihn schlicht im Gemüt wirkt.
„Ich bin der Jagdpächter hier und will wissen, was in meinem Revier vorgeht". Sein Begleiter stellt sich demonstrativ halbseitig, beschirmend, vor ihn.

„Wie heißen Sie und ihr Begleiter?".
Nach Luft ringend, empört sich der Befragte.
„Zeigen sie mir Ihren Ausweis"! Hendl lässt ihn auflaufen.

„Ich bin der Leiter der Mordkommission Hendl, mit den ermittelnden Beamten und möchte sie beide bitten, uns auf das Revier zu begleiten, der sachlichen Hinweise wegen".

„Mordkommission?", der Jagdpächter wird unsicher, „dass ist etwas anders, wir stehen ihnen natürlich zur Verfügung".

„Nun, wer sind sie und wie heißen sie?". Fragt Hendl noch einmal.

„Hier ist mein Jagdschein, mein Name ist von Targut". Er betont das „von". Dabei deutet er auf seinen Nebenmann. „Das ist mein Jagdgehilfe Müller".

Hendls Frage richtet sich an beide, „haben sie in ihrem Revier in letzter Zeit etwas besonderes bemerkt oder ist ihnen aufgefallen?".
Von Targut denkt nach, „nein".
„Ihnen auch nicht"? befragt er den Forst- und Jagdgehilfen.
Er schaut von Targut an und schüttelt nur den Kopf.
„Also nein", stellt Hendl fest. Müller nickt.
„Wahrscheinlich hat er die Sprache verloren", wendet sich Hendl an Revierleiter Meyer „und seinen Namen".

„Wenn die Tatzeit festgestellt ist, kommen wir wieder auf sie zu. Zur weiteren Befragung, wo sie zur Zeit des Geschehens waren. Bleiben sie also in dem Bezirk. Kollege Meyer, bitte nehmen sie die Personalien auf".
Hendl dreht sich brüsk um und lässt den verblüfften Jagdpächter nebst dem verstummten Gehilfen stehen und geht zu Musco.

„Nichts deutet auf eine Mordtat hin", wiederholt der Pathologe seinen ersten Eindruck ihm gegenüber. Hendl ist ratlos.
„Näheres werden wir nach der Obduktion erfahren".
Hendl überlässt den Rest der Spurensicherung, die auf einen Abstieg zum Opfer vorbereitet wird.

Er geht suchend über den Platz, sucht nach Auffälligkeiten. Einer von der Spusi winkt vom Waldrand ihn herbei, zeigt auf das Gebüsch. Hendl eilt zum Gestrüpp. Der

Spurensicherer biegt die Zweige auseinander.
„Hier liegt ein Fahrrad, ein Mountainbike".
Hendl ist überrascht, „ist noch etwas dabei?".
„Ich habe es eben erst gesehen. Wir suchen das Gelände ab. Es ist unbeschädigt muss erst vor kurzem gekauft worden sein".

Hendl geht zurück zum Felsenrand. Die Bergwacht ist dabei Kogge unten anzugurten, um ihn wieder nach oben zu bringen, während die Spusi unten am Fels nach Beweisen sucht.
Hendl ruft laut hinunter. Das tosende Wasser verschluckt fast die Worte.

„Kogge, wenn sie fertig sind, kommen sie wieder hoch".
„Hoffentlich hält das Seil", schreit er von unten. Die Stimme klingt rau und besorgt. Hendl signalisiert zur Bergwacht.
„bringt meinen Mitarbeiter gesund nach oben, ich brauche ihn noch" und lächelt.
„Die Surensicherung ist unten", meldet die Bergwacht Hendl.

In den Seilen, schaut der blasse Kogge über den Rand Hendl an.
„Nie wieder gehe ich darunter und wenn ich wieder Streife fahren muss".
„Es ist ja nur eine Ausnahme gewesen", wiegelt der Hauptkommissar ab.

Als die Trage mit dem Opfer auf dem Platz abgelegt wird, untersucht Musco noch mal die Leiche.
„Es ist wie ich vermutete, später mehr".
Klarmann steht mit zwei seiner Mitarbeiter am aufgefunden Fahrrad und diskutiert mit ihnen. Das erregt das Interesse von Hendl.
Klarmann macht ihn aufmerksam, auf das vor ihnen liegende, aufgewirbelte Laub. Ein Mitarbeiter fotografiert es

aus mehreren Einstellungen.
„Hm, das könnte auf einen Kampf hin deuten", urteilt Kogge.
„Nicht so voreilig", mahnt Hendl.
„Möglich wäre auch, dass sie absichtlich hinunter gestürzt wurde. Vermutlich Mord oder Totschlag", spinnt Kogge seinen Faden weiter.

„Die Spusi soll noch genauer hin schauen, ob mehrere Personen hier beteiligt waren", ordnet Hendl an.

Im Büro ein erstes Fazit der Kommissare.
„Was haben wir, eine tote Radfahrerin die in den Abgrund stürzte, mehr nicht".
Es klopft an der Tür, ohne ein Herein ab zuwarten tritt Klarmann von der Spusi ein, wedelt mit einem Klarsichtbeutel.
„Überraschung!".
„Spann uns nicht auf die Folter".

Beide kennen sich seit vielen Dienstjahren und Klarmann sorgt immer für Verblüffungen.
„In den Unterlagen ist auch ein Personalausweis".
„Das wissen wir bereits, sonst nichts?", antwortet Hendl.
„Aber wo ist die Geldbörse, hast du die eingesteckt?".
Beide lachen.
Klarmann legt seine Stirn in Sorgenfalten.
„Spaß beiseite, es handelt sich um eine Kollegin von euch, Eine Kommissarin Kristin Wagner, wohnhaft in Marktkofen. Das liegt bei Dingolfing. Dort ist das Kommissariat von ihr"und macht eine Pause, „gewesen".
Hendl streckt den Arm zum Beutel, überprüft seinen Inhalt.
Kogge schaut ungläubig zu Klarmann.
„Eine Kollegin? Was wollte die denn hier?".
„Ja, vielleicht Urlaub machen. In unseren schönen Heimat", vermutet er trocken.

„Sie wollte Urlaub machen", berichtigt Hendl. „Das ist jetzt vorbei". Sie sind nachdenklich. Klarmann verabschiedet sich, spitzbübisch schaut er die Kommissare an, „dass wird für euch schwer, Berichte erfolgen noch nach weiteren Auswertungen".

„Vielen Dank Klarmann", der durch die Tür schon verschwindet.

Kogge, noch immer konsterniert.
„Der Fall ist gerade kompliziert geworden" und erntet einen fragenden Blick Hendls. Der hält den Dienstausweis der toten Kollegin vor sich, gibt ihn dann Kogge.
„Sie kommt aus Marktkofen, kam aus Marktkofen", verbessert er sich, „die Dienststelle ist in Dingolfing".

Hendl geht in das Nebenzimmer zur Elzyk, „fragen sie doch mal in Dingolfing nach, ob diese Kollegin dort tätig und anwesend ist. Ich hoffe es". Sie hat von dem Unfall gehört und nickt bekümmert.
„Der Dr. Musco aus der Pathologie hat angerufen, er hat etwas für euch!".

In der Pathologie stehen sie nachdenklich am Untersuchungstisch vor der Leiche. Der Doktor hebt das grüne Laken hoch, deckt sie auf.
„Meine Herren, es scheint keine Fremdeinwirkung eingetreten zu sein, wie ich schon vorab vermutete. Sie hat zwar Hämatome an beiden Armen und auch an den Handgelenken, Schmutz unter den Fingernägeln, aber es sieht eher aus, als wenn jemand sie halten wollte und sie sich in der Erde festkrallte".
Kogge fragt nach, „keine Gewalteinwirkungen, Schläge?".

„Wie ich schon sagte, weitere Verletzungen sind mit Sicherheit erst beim Absturz erfolgt".

Hendl schaut Kogge an und schüttelt unmerklich für Musco den Kopf. Beide wollen sich schon enttäuscht zur Tür umdrehen, doch ein „hallo, ich bin noch nicht fertig, es gibt noch etwas interessantes.
Sie ist schwanger, im dritten Monat".
„Immer rätselhafter", murmelt Hendl, auch Kogge grübelt.

Sie bedanken sich bei Dr. Musco, verlassen vertieft in Gedanken den Raum.

Im Büro diskutieren sie über den Fall. Aufgeregt klopft Sekretärin Elzyk an den Türrahmen, der bereits offenen Tür, stürmt herein.
„Die Dingolfinger haben angerufen. Die Kollegin Wagner ist nicht zum Dienst erschienen. Sie sollte nach einem freien Tag heute wieder im Dienst sein. Ich habe aber nichts Näheres von unserem Opfer gesagt, dass sie es sein könnte. Sie waren über meinen Anruf überrascht und warten auf einen klärenden Rückruf".
„Verbinden sie mich mit der Dienststelle bitte" und Hendl betont freundlich, „ihr Verhalten war vorbildlich".

Stolz verlässt sie das Zimmer.

„Ihr haben sie aber ein dickes Lob erteilt, Chef".
Hendl wieder mit seinem Chefblick, „ab und zu ist eine Anerkennung wichtig".
„Ach ja?", hebt Kogge den Ton an und seufzt schwer.
Am Telefon erklärt Hendl dem Polizeioberkommissar und Leiter aus Dingolfing den Sachverhalt.
„Kristin hat sich drei Tage Urlaub genommen und ist noch sicherlich unterwegs. Ich kann nicht glauben, dass sie es sein soll. Entsetzlich wenn sie das ist. Aber der Personalausweis! Ich werde sofort einen Beamten zur Identifizierung zu ihnen schicken".

Elzyk erscheint im Türrahmen.
„Also, wenn sie mich fragen, hat ein Mann die Kristin Wagner sitzen lassen, als er erfuhr, dass sie schwanger ist. Dann in den Wald gelockt und in den Abgrund geschubst, so, dass es wie ein Unfall mit dem Fahrrad aussieht. Das steht fest".

Dieses Mal erntet sie einen viel sagenden Blick von Hendl, während Kogge nüchtern feststellt, „sie haben recht, zum schwanger werden gehören nun mal zwei" und grinst tiefsinnig Elzyk an.
Die eilt mit hochrotem Gesicht durch die Tür zu ihrem Büro, nicht ohne diese mit einem laut vernehmlichen „Pfh", heftig zu schließen.
Hendl erhebt sich vom Stuhl. „Vielleicht kann uns der Kollege aus Dingolfing weiterhelfen. Den Spuren nach müssen zwei an der Absturzstelle gewesen sein.
Eifersucht ist nie auszuschließen, es könnte der Schlüssel zum Geschehen sein. Morgen befragen sie den Jagdgehilfen Müller, ich habe das Gefühl, er schweigt über etwas. Aber was haben die Jäger für ein Motiv? Wir werden sehen. Machen wir Feierabend".
Am nächsten Morgen erscheint Staatsanwalt Stramm. „Was wurde mir gemeldet? Eine Kommissarin ist hier am Fluss verunglückt?".
Hendl bleibt sitzen, blickt ihn ruhig an, „ja es scheint so, dass sie am Fels abgerutscht und nach unten abgestürzt ist. Mit dem Bauch und Kopf zuerst. Sie muss sofort tot gewesen sein, wie Musco sagte. Die Spurensicherung ist noch nicht mit dem Ergebnis soweit und bevor sie fragen, wir waren und sind diskret vorgegangen".

In dem Gesicht von Hendl blitzt kurz ein süffisantes Lächeln auf.

Stramm mit förmlichen Ton, „das habe ich auch nicht anders erwartet. Ich muss nicht betonen, dass der Fall von äußerster Dringlichkeit ist". Stramm hakt nach.
„Wie, abgerutscht, Unfall oder Mord?".

Bevor Kogge den Mund aufmacht, um seine Meinung zu sagen, antwortet sein Chef. „Sobald wir mehr wissen,

bekomme ich sofort Bescheid", dreht sich um die eigene Achse und verlässt grußlos das Büro.

Hendl mag den forschen Ankläger nicht und, da ist er sich sicher, er ihn auch nicht.
„Der hat wieder seinen Obersten heraus gekehrt", brummelt Kogge. Hendl mahnt ihn zur Vorsicht.
„Je weniger sie zu ihm sagen, desto besser, sonst bringt er es fertig und bringt sie wegen einer Lappalie zu einem Disziplinarverfahren".

Es klopft an der Tür, abermals Klarmann, der steckt seinen Kopf durch den Türspalt.
„War das eben nicht der Staatsanwalt?" und ohne eine Antwort abzuwarten, „wir sind jetzt uns sicher, es muss ein Kampf stattgefunden haben, der Boden ist aufgewühlt worden, von mindestens zwei Paar Schuhen, leichte Sportschuhe. Obwohl nur ein Fahrrad da war. Trotzdem, es müssen mindestens zwei Personen beteiligt gewesen sein". Er zuckt mit den Schulten, „merkwürdig".

„Wir erwarten einen Kollegen aus Dingolfing zur Identifizierung des Opfers, ob es überhaupt Kristin Wagner ist", bemerkt Hendl zu ihm und liest weiter in den Akten.

Elzyk klopft an, „der Kommissar aus Dingolfing hat angerufen, er kommt heute Nachmittag selbst in die Dienststelle" und will zurück in ihr Büro.
„Frau Elzyk, kommen sie noch mal. Wie denken sie jetzt als

Frau über den Fall".
Sie dreht sich im weggehen um.
„Ich bleibe dabei. Leidenschaft, Eifersucht, eine Liebestragödie war das!" und unterdrückt die Tränen.
Hendl seufzt, vielleicht hat sie Recht. Frauen und Emotionen. Seine Frau hätte nicht anders gedacht.

Spät am Nachmittag meldet Elzyk Kommissar Richter aus Dingolfing an. Hendl informiert ihn über die Sachlage.
„Wir gehen in die Pathologie zur Identifizierung".
Hendls Telefon klingelt, er eilt zurück zum Schreibtisch.
„Entschuldigung, einen Augenblick, Herr Richter".
Es ist Elzyk, „ich verbinde sie mit dem Amtsleiter Stingl aus Dingolfing, er will den Leitenden Ermittler in der Sache über die vermutlich, tote Kollegin sprechen".

In Hendls Gesicht ist nichts für Richter zu lesen.
„Ja, mhm, ich werde ihn fragen. Danke für den Hinweis" und wendet sich an den wartenden Richter.
„Sagen sie mal, sie haben ebenfalls Urlaub gehabt, als das Unglück geschah? Waren sie zu dem Zeitpunkt hier in der Nähe?".
„Warum fragen sie mich das?".
„Waren sie, oder nicht?", beharrlich setzt er nach.
„Ich war am Wochenende im Gebirge".
Hendl belässt es erst einmal bei der Antwort.
„Frau Wagner ist vermutlich bei einem Kampf oder durch Unfall mit dem Rad ums Leben gekommen. Sie ist ohne das Rad abgestürzt. Wir sind aber erst am Anfang unserer Ermittlungen".
„ich kenne sie, deshalb bin ich hier. Mit Frau Wagner habe ich gelegentlich zusammen gearbeitet". Bestätigt Richter.

Inzwischen ist Kogge eingetroffen und hat das Gespräch von Hendl und Richter mit angehört, mischt sich ein.
„Müller Befragung ergab nichts, aber ich habe mit einem Kollegen in Dingolfing telefoniert. Richter, war es nicht mehr als nur eine Zusammenarbeit. Die Kollegen wussten von einem Techtelmechtel zwischen Ihnen. Sie mussten also wissen, dass sie schwanger ist, deshalb kam es zum Streit

mit ihr. Ob es Unfall zu einem Unfall kam oder nicht, werden wir herausfinden".
Das Gesicht Richters wird aschfahl, er ist fassungslos.
„Nein, nein, schwanger, das darf nicht sein!".
„Warum?". Hendl bekommt keine Antwort.
„Gehen wir in die Patho. zum Identifizieren. Danach werden wir sie verhören. Haben sie die Dienstwaffe dabei?".
Richter ist bestürzt. „Nein. Sie war schwanger. Das wusste ich nicht".

Dem Hauptkommissar beschleicht sein Bauchgefühl, er bekommt es immer, wenn ein Fall ihm nicht behagt.

Dr. Musco steht am Seziertisch, begrüßt sie.
„Wie ich ihnen schon sagte, keine Gewaltanwendung. Ihre Verletzungen entstanden durch den Absturz. Ich bin mir da sicher" und hebt das Laken hoch, ihr kahl geschorener Schädel ist zu sehen.

Lange, sehr lange schaut Richter entsetzt auf den Kopf und kämpft mit den Tränen. Er wird unruhig.
Hendl beobachtet genau seine Regung, bemerkt den liebevollen Blick in den Augen, er kämpft mit den Tränen. Dann doch, er kann sie nicht mehr zurück halten und rinnen über seine Wangen, tropfen auf ihr Gesicht.
Langsam hebt er seinen Kopf zu Hendl. Dann wieder zum

Opfer. Zärtlich streichen seine Finger über die Stirn und verlässt erstarrt den Raum.
Musco und Kogge schauen sich überrascht an.
Hendl folgt ihm.
Auf dem Flur der Pathologie steht Richter gebeugt am Fenster, gestützt auf seine Hände. Grell leuchtet die Sonne herein.
Hendl steht neben ihm und schaut auf seine Hände. Die Finger krallen sich in das Holz der Fensterbank, die

Fingerkuppen sind von der Kraftaufwendung weiß geworden. Ruhig steht Hendl daneben, lässt ihm Zeit.
Richters Gesicht von der Seite wirkt verzweifelt.
„Sie als Beamter wissen, was ich sie fragen muss. Wo waren sie in den letzten 24 Stunden? Oder haben sie mir etwas mitzuteilen?".
Richter schaut ihn an. Sein Gesicht ist müde, ein kraftloses Lächeln überzieht die Mundwinkel.
„Ja". Kraftlos die Stimme.
„Wir waren ein Paar, haben uns im Dienst verliebt und wollten zusammen bleiben, später heiraten".
Mühsam sammelt er sich.
„Wir trafen uns in unserer Freizeit immer am Wildwasser. Sie fand den Treffpunkt sehr romantisch", schluckt.
„Es ist ja nicht weit von Dingolfing bis hierher. Wir wollten nicht in der Dienstsstelle ins Gerede kommen, bis wir unser Aufgebot bestellt haben. Deshalb unsere Verabredungen hier. Sie war einen Tag vorher in die Stadt gefahren, wollte Besorgungen machen. Ich sollte nachkommen. Hierher, an die schönste Stelle vom Tal, und

dann das!".
Klopft sich erregt mit der Faust an die Stirn.

Hendl hakt nach.

„Was ist dann geschehen, kam es zum Streit? Unsere Spusi hat Kampfspuren im Laub und am Abhang festgestellt. Alles deutet auf einen Kampf hin".

„Nein, so war das nicht gewesen, wir haben uns so gefreut. Uns umarmt, geküsst und in unserer Verliebtheit, im Übermut im Kreis gewirbelt".
„Da sind noch die blauen Flecke an ihren Handgelenken,

erklären sie mir die Ursache, wo stammen sie?".
Ohne auf die Frage einzugehen, spricht Richter weiter.

„Sie hatte noch den Fahrradhelm auf, den setzte sie dann ab. Ihre schönen Haare wehten im Wind und wir waren ganz nah zusammen, blickte mich lebensfroh an.
Ich will dir etwas sagen und fasste mich bei der Hand.

Wir standen vorm Abhang. Das hat noch Zeit, und wollte sie in die Arme nehmen und küssen.
Freudig auflachend, wich sie nach hinten aus,
es ist aber sehr wichtig für uns und ging noch einen weiteren Schritt zurück, dabei stolperte sie über eine Wurzel und fiel auf den Bauch. Vielleicht durch einen Schwindel. In der letzten Zeit wurde ihr öfters schwindlich.
Durch den Schwung und das feuchte Blattwerk glitt sie mit den Beinen zum Fels. Es ging so rasch.
Sie krallte mit den Fingern in den Boden, suchte Halt an einer Wurzel. Ich stürzte zu ihr, konnte ein Handgelenk ergreifen. Mit meiner anderen Hand umklammerte ich das Schulterteil ihrer Jacke, versuchte den Unterarm zugreifen.
Wir lagen Kopf an Kopf. Unser Atem vermischte sich stoßweise vor Anstrengung.

Einander so nah!
Wir wollten festen Boden erreichen, aber das schmierige Blattwerk, es war furchtbar.
Ihr Gewicht ließ sie Stück für Stück am Fels abrutschen. Unsere Kräfte ließen nach. Verzweifelt hielten wir uns an dem Handgelenk. Langsam, wie in Zeitlupe lösten sich unsere feuchten Hände von einander.
Sie verlor meinen Halt. Ihr Anorak hielt die Last alleine nicht mehr. Die Nähte an der Schulter rissen.
Dieses Entsetzen in ihren Augen werde ich nie vergessen, als sie abstürzte.

Ich wollte es nicht glauben, dachte es ist ein böser Traum. Blickte über den Rand nach unten, sie lag mit dem Bauch auf dem Fels. Ich rief noch zu ihr. Hilflos kroch ich zurück Dann kam der Kajakfahrer."

Hendl blickt in Richters Augen, „ist es so gewesen?".
„Ja, wir wollten doch heiraten".
„Wussten sie damals eigentlich, dass die Kollegin schwanger war? Es ist jetzt die Frage, ob das Kind von einem anderen war und sie sich vielleicht trennen wollten?".

„Nein, nein", beteuerte Richter, „ich wusste nichts von der Schwangerschaft, vielleicht ist sie deshalb früher in die Stadt gefahren. Möglicherweise zu ihrem Frauenarzt".

„Als Ermittler wissen sie, dass sie erst einmal bei uns bleiben, bis wir ihre Aussage zu Protokoll genommen und überprüft haben. Aber, warum haben sie den Tatort verlassen, ohne uns zu benachrichtigen?".

„Das weiß ich auch nicht. Es ist, als wenn mir mein Leben aus den Händen entglitten ist".

Richters Stimme ist verzweifelt wird lauter.
„Es war ein Unfall und nur ich muss damit fertig werden".
Hendl runzelt die Stirn. Er glaubt ihm.

Im Kommissariat besprechen Hendl und Kogge die Sachlage.
„Wie hätten sie sich verhalten in dieser Situation, Kogge?".
„Ich denke, es war bestimmt ein Unglücksfall. Uns fehlen Beweise für einen Mord. Er hat kein Motiv".

Elzyk ist herein geplatzt, hat Kogges Satz noch gehört und empört sich. „Wenn das kein Motiv ist", und gibt Hendl eine Akte.
„Ich habe Recht gehabt, es war Eifersucht, eine Tragödie für die arme Frau" und hebt den Kopf.

„Liebe Frau Elzyk. Jetzt brauchen wir die Akte nicht mehr lesen, wir wissen nun Bescheid", ruft Kogge schelmisch ihr nach, als sie in den Nebenraum entschwindet.
Sein Chef ist nachdenklich.

„Es kann was dran sein, der aufgewühlte Boden, die Schwangerschaft. Ich befrage den Amtsleiter von dem Kommissariat in Dingolfing, wie er Richter einschätzt. Und sie treiben den Frauenarzt auf".

Am späten Nachmittag bestätigt Kogge die Untersuchung von Wagner beim Frauenarzt.
„Der Arzt hat die Schwangerschaft Frau Wagner mitgeteilt. Sie war überglücklich. Keinerlei Hinweise auf Unstimmigkeiten".

Hendls Bauchgefühl meldet sich wieder. Wie will er es dem Staatsanwalt erklären. Für den ist es ein handfestes Motiv. Ein ungewolltes Kind!

Die Unterredung mit dem Leiter seiner Abteilung verläuft ohne Ergebnis Von der Liebelei ist er überrascht. Er und die anderen Beamten haben nichts bemerkt. Beide sollen öfters, unabhängig von einander, über einen Dienststellenwechsel geredet haben.

„Machen wir doch eine Tatortbegehung?", schlägt Kogge vor. Hendl braucht nicht zu überlegen.
„Machen wir Kogge, veranlassen sie alles. Aber vorher noch einmal diesen Jagdgehilfen von Turgot, Müller befragen. Mir scheint, er weis mehr. Turgot mauert".
„Targut, von Targut heißt der Jäger", feixt Kogge.

Vor der Abfahrt mit Richter und allen Beamten, unterrichtet Kogge seinen Chef über das Gespräch mit Müller.
„Wie sie vermuteten, er hat sie öfters gesehen. Auch am

Tag des Unglücks dort wo sie abgestürzt ist. Vorher an der Brücke.
Um diese Zeit muss der Absturz erfolgt sein. Einer von den Jägern könnte also auch in Betracht kommen".
„Später, erst die Tatortbegehung, danach fahren wir zu Targut".

Die Kraftfahrzeuge der Ermittler treffen auf dem Platz vor dem Felsenabfall ein. Das Geräusch des Wildwassers dröhnt von unten.
Welke stellt sich an den Rand, blickt hinunter in die Strömung die zu dem engen Durchlass tost.
Die Regenfälle der letzten Tage haben das Wasser ansteigen lassen. Der Staatsanwalt bleibt mit Richter und einem Polizeibeamten am Waldrand.

Hendl und Kogge gehen zu Richter.
„Wie war es denn gewesen?", eröffnet Hendl die Befragung

des verdächtigen Kollegen.
„Ein Fläschchen Sekt vom Fundort liegt in den Beweisstücken. Mit Fingerabdrücken von ihnen".
Er schaut ins Gesicht von Richter, ihre Augen treffen sich.
Ein erloschener Blick, gefüllt mit Verzweiflung und – Scham.

Richters Mund formt erst tonlos, kaum in dem Rauschen des Wassers zu vernehmende Laute. Die Lippen zittern kraftlos. Seine Augen füllen sich mit Tränen. Hendl ist sicher. So schaut kein Mörder.

Kogge bedrängt Richter mit fordernder Stimme.
„Ich höre nichts. Wie war es denn? Zeigen sie uns was sich abgespielt hat".

„Ja". Richter geht auf ihn zu, will Kogge umarmen.

Der weicht zurück. Richter schaut verlangend Hendl an.
„Sie wollen doch wissen wie es wirklich gewesen ist".
Amtsleiter Welke nickt aufmunternd Kogge zu.

„Sie wollten doch die Tatbegehung Kogge, spielen sie die Kollegin" und blickt auf den schmunzelnden Stramm.

Kogge wagt nicht dem Amtsleiter zu widersprechen.
Richter geht auf ihn zu, umarmt den sträubenden Kogge.
Hendl ist überrascht von der plötzlichen Bereitschaft des Verdächtigen, befürchtet einen Zwischenfall.

Richter beginnt mit Kogge zu tanzen, wirbelt ihn übermütig im Kreis.
Der Dingolfinger Kommissar ist wie ausgewechselt.
Immer schneller drehen sie näher zum Abgrund.
Hendl ahnt Unbill. Bevor er einschreiten will, strauchelt Richter, rollt zum Abhang, gleitet mit den Füßen voran zum Felsenrand, schiebt sich über den Rand.

Einer der Bergretter, die zur Sicherheit dabei sind, schnellt sich bäuchlings zu dem abrutschenden Richter.
Ergreift ihn am Schulterärmel. Im Reflex wirft sich Kogge, daneben und kann ein Handgelenk von Richter packen.
Der hält sich mit seiner lehmverschmierten Hand an einer Wurzel fest.

Hendl, Welke und die Bergwacht halten Kogge und den Helfer an den Beinen, halten ihre Körper. Der Boden ist vom Regen und den Blättern glatt wie Schmierseife.
Hendl beugt sich über den Rand, ruft Richter zu.
„Wir ziehen sie hoch, halten sie durch".
Ein Mann der Bergwacht macht sich eilig für Sicherung von Richter fertig.
Meyer hält Hendl am Hosengürtel zurück, während der die weit geöffneten Augen Richters vor sich hat, sein Atem geht keuchend.
Stoßweise, mit der Stimme gegen den Lärm des tosenden Wassers ankämpfend schaut er Hendl an.
„So war es gewesen, Hendl! Ihr müsst mir glauben", blickt verzweifelt Hendl und Kogge an. Schüttelt den Kopf.

„Es hat keinen Sinn mehr ohne sie" und lässt die Wurzel los.

Kogge kann das Handgelenk noch kurze Zeit festhalten.
Das Gewicht von Richters Körpers ist stärker.
Langsam gleiten die verschmierten Hände der beiden auseinander, lösen sich.

Hilflos sehen die Umstehen, wie der Ärmel aus der Faust des Bergwachtmanns abreißt.
Hendl sieht wie seine Brust auf dem feuchten Fels entlang schleift, sich dreht, um Kopfüber unter der Felsennase zu verschwinden.

Erst als der Körper von Richter unten das Plateau aufschlägt, ist er wieder zu sehen.

Richter ist, wie seine Freundin, auf den Bauch gefallen und liegt hart an dem Rand des Plateaus. Bewegt sich nicht mehr.
Doch jetzt, schiebt sich langsam ein Bein unter der Schwerkraft über die Kante, baumelt über dem Wildwasser.

Meyer zieht den weit nach vorne gebeugt Hendl zurück.
„Willst du auch abrutschen. Es ist vorbei".

Kogge richtet sich aus dem Morast auf, blickt an sich herunter und steht mit dem verschmierten Anzug vor Welke und Hendl, ist verzweifelt.
„Ich hatte keine Kraft mehr und konnte ihn nicht mehr halten!".
„Er wollte nicht mehr gehalten werden", beruhigt ihn der Amtsleiter und klopft ihm auf die Schulter.
„Lassen sie auf Staatskosten den Anzug reinigen, sie haben alles getan was sie konnten, wir haben auch nicht mehr tun können".

Alle sind erschüttert, blicken sich fassungslos an.

Der Führer der Bergwacht, Josef Hintermeier, klopft Welke auf die Schulter.
„Johannes, Dr. Musco wird eingeschirrt, wir seilen ihn mit einem Kameraden vorsichtig ab. Es ist hier glatt wie Schmierseife. Wir haben keine Lust noch einen zu bergen. Übrigens, haben wir den Heli angefordert.
Eine Bergung des Opfers mit den Seilzügen ist ein zu großes Risiko".

Musco beugt sich auf dem Felsen über Richter, untersucht ihn kurz. Beide an der gleichen Stelle. Guckt in die schäumende Gischt und ist fasziniert von der Gewalt und der Wildheit des Wassers.

Er gibt Handzeichen zum fotografierenden Begleiter, schüttelt den Kopf.

Der deutet auf ihn und mit dem Daumen in die Höhe.

Musco hat verstanden und nickt.
Über Sprechfunk gibt der Helfer lautstark Nachricht, den Doktor nach oben zu ziehen.

Schwer atmend erhebt Musco sich oben aus dem Morast. Und während er aus den Gurten befreit wird, nuschelt er zu den umstehenden. „Ironie des Schicksals, er ist genau wie Kristin gefallen".

Staatsanwalt Stramm hatte das Geschehen vom Waldrand beobachtet und winkt Hendl zu sich.
„Hendl, ich erwarte ihren Bericht" und fügt leise hinzu.
„Mein Eindruck ist, es waren Unfälle, mit tragischem Ausgang. Sie wissen, die Presse braucht etwas zum schreiben".

Hendl hat sehr wohl das „Mein Eindruck" von ihm begriffen.
„Ja, ich sehe es auch so. Wir haben zuerst falsche Schlüsse gezogen".

Er ist mit sich unzufrieden.
Sie hatten einen Kollegen zu Unrecht des Mordes oder Totschlags verdächtigt.

„Kann ich mit ihnen zurückfahren", fragt Kogge seinen Vorgesetzten und zeigt mit den Fingern an sich herunter.

Hendl legt zum ersten Mal seine Hand auf Kogges Schulter, nickt.

„Ein zweites Mal werde ich sie nicht abseilen lassen, Kogge".
„Chef, übrigens habe ich noch einen Vornamen".
„Ja ich weiß das, Jonathan. Wie wär's mit der Kurzform Jonny? Das klingt Norddeutsch wie ihr Nachname, aber, lassen wir es bei Kogge".
Der runzelt die Stirn mit säuerlicher Miene, steigt zu ins Auto.

Hendl betritt am nächsten Morgen das Büro. Kogge hat einen Tag Urlaub genommen.

Elzyk klopft an. Sie tritt verlegen, mit kleinen Schritten und Tränen in den Augen, vor Hendls Schreibtisch.

„Es tut mir sehr Leid mit meinen Vorverdächtigungen zu dem Kommissar Richter.
Es wird nicht mehr vorkommen".
„Liebe Frau Elzyk, auch ich bin betroffen. Sie waren nicht die einzige mit der Fehleinschätzung. Nehmen sie es nicht so schwer. Es sind halt die Zwischenmenschlichen Dinge die das Leben mit sich bringen.
Keiner konnte von uns und den Verunglückten, den Verlauf ahnen. Es war ihr Schicksal.

Kann ich auch einen Tag Urlaub bekommen, Chef?".

Hendl lächelt.
„Das es aber nicht zu einem Unfall kommt".

„Wie meinen sie das?" und errötet.

„Hier ist der Vorbericht von Jonathan, ich meine Herrn Kogge" und verlässt verlegen und eilig das Büro.

Hendl blickt ihr nach.

Mensch Kogge, sie ist wirklich von schönem Wuchs. Halt sie fest!

Anmerkung:

Presse Auszüge vom Wiesbadener Fernsehkrimi-Festival 2013:

Geplante Kriminalität und rationale Aufklärung sind **uninteressant** geworden.

Es gehe um Emotionen, die mit **irrationalen** Verbrechen erzeugt wird.

Eine vornehme **Umschreibung** von Verbrechen an Kindern, sexueller Gewalt und perversen Exzessen.

(23.2.2013 L. Jessen Hessischer Rundfunk.)

B. Althof betrachtet es explizit als Aufgabe von Fernsehkrimis, **Fehlentwicklungen** des realen Lebens, „**aufzuarbeiten**".

(23.3.2013 B. Althof, ZDF).

Kriminalroman

Wildwasser

Autor
Peter W.J.Licht
63584 Rothenbergen
Copyright 2014/ 2017

**Einen großen Dank an Horst Fink
und
Björn Jilg für die fruchtbare Mithilfe zu meinen
Büchern.**

Weitere Bücher:

Jugendbuch:

Die Schmurggelbeere,

eine ungewollte Zeitreise von Teenagern.

Jugendbuch, SF.

Professor Pulin und Lorin

Experimente zu Zeitreisen in die Vergangenheit.

Jugendbuch:

Katastrophe in der Galaxie – Das Gespenst Baron Gambell – Heiratsunwilliger Prinz - Jugendliche geraten in Bergnot.

Sammelband von Begebenheiten.

Erlebnissen, Episoden, Begegnungen,

lustige, mitmenschliche Beobachtungen, Betrachtungen.

So fegt der Wind der Geschichte über die Epochen

Europäische Geschichte in Romanform und Autobiographie.

Aufruhr der Herzen

Verliebtheit – Liebeskampf – Liebeskrank – Liebesleid

Ein Adelsroman.

Wildwasser

Zwei Tote und kein Mörder

Krimi

Mörderinnen unter sich   (Arbeitstitel, in Arbeit)

Mordsweiber

Krimi

Impressum:

BoD
Books on Demand,
Norderstedt

ISBN 9 783738 604788